铁葫芦｜诗歌馆

# 大海上的柠檬

姚风 著

中国桂冠诗丛

Yao Feng

Lemons in the Sea

浙江文艺出版社
Zhejiang Literature & Art Publishing House

# 目 录

## | 向着你泪水的海 |

## | 河流反光，群山将隐 |

## | 在这易变的尘世 |

## | 孤独增长了身高 |

## | 美国甜心 |



## | 跋 |

| 向着你泪水的海 |

## 鱼化石[1]

向着你泪水的海
多少人去了
带着一把汤匙

我也去了
去做一条鱼

1988

1. 此诗以葡萄牙语写成，由笔者译成中文。

## 柠檬

走进院子，就像这个季节
走进了柠檬树
金色的果实，紧紧抓住阳光
如你小小的乳房
不会飞翔

是的，它们很小
但毕竟是你的乳房

1991

## 炙热的石头

大约在夏天
你给我一块烤热的石头

我把它放在左手
又把它放在右手

日子翻来覆去
石头渐渐地凉了
我的手收藏了所有的阴影

1998

## 诗人的午餐

在法罗，我们坐在大海边
我们用诗句歌颂大海

我们用牙齿
把一条大鱼剔成大海的胸针

1999

## 抚摸

为了更温柔地抚摸
我拔掉了所有的指甲
反正它们也是闲着

你说，把骨头也剔了
就是世界上最大的蛆了

2002

## 镜海

我和两岁的女儿来到海边
她是第一次看到大海
对她而言，这不是海
她还不知道海这个词
大海，只是很大很大的一盆水
她挣脱我的手
快乐地向大海深处奔去
头发飘动，在阳光中灿如王冠
她像一条小鱼奔跑，大声喊叫
竟没有一丝的恐惧
是啊，她还没有开始学习恐惧
而我，一个已在恐惧中学习半生的人
站在阳光的后面
感觉一下子就老了
大海波平如镜
折射的光芒都是苍苍白发

2003

## 暮年

当你老了，丢掉全部的牙齿
被不是儿孙的人抬进医院
医生没有任何迟疑
放下了冬天的听诊器：
回家吧，该吃点什么就吃点什么

鱼刺卡住河流的喉咙
美食对饥饿已失去了意义
你看到别人的眼睛里
全是你的皱纹，像是秋后的田地
荒凉，孤独，一望无际
出于习惯的力量，你伸出双手——
挣扎的蚯蚓
找到的净是堆积的烟尘
废墟的瓦砾、窒息的喊叫
你知道春天已经瘫痪
种子是无法下咽的粮食
你闭上眼睛，心的降落伞
拖着身体向深处坠落

窗外只有天空，飞旋的星星
像一群闪亮的苍蝇
撞碎玻璃上的黑夜

2003

## 埋葬

早晚会得到一具尸体
为了埋葬，要砍掉几棵树
要铲除一片青草
还要让一块石碑跪在地上

而在非洲草原
一头狮子用牙齿和利爪
撕咬老病的同伴
然后扯一块凉爽的夕阳
擦一擦嘴唇

2003

## 白夜

我的心中充满了黑暗
什么也看不见
甚至那些声音
也像一块块黑布
蒙住了我的眼睛
我渴望光明，永远的光明
我对一位欧洲女诗人
诉说了我的苦闷和希望
她告诉我
在她那个寒冷的国家
许多人因为漫长的光明
不是精神失常
就是自杀

2004

## 福尔马林中的孩子

在病理室
看见你坐在福尔马林中
冰冷，浮肿，苍白
却没有腐烂的自由
嘴唇微微张开
还在呼唤第一声啼哭
紧攥的小手
抓住的只有自己的指纹

你没有腐烂的自由
你让我对生活感到满足
呵，自由，腐烂的自由
我毕竟拥有

2004

## 法国人的麦子

浪漫的法国人
在号称世界第一街的香榭丽舍
种了麦子

收割的时候到了
我带着一把镰刀
来到巴黎

我要把香榭丽舍大街的麦子
运到天安门广场晾晒
这是号称世界第一的广场
这里有一群
最会晒麦子的农民

2004

## 陷阱

必须消灭敌人
在他们的必经之路
我挖了一个陷阱
然后躲在灌木丛中
期待着
一声撕破空气的惨叫

又一个黑夜即将过去
陷阱里传来
蛐蛐的歌唱，青蛙的欢叫
繁星如棋，弯月如刀
露水打湿了我的全身

2004

## 植物人

人从地上站立起来
就开始用语言命名大千世界
玫瑰花开花落
不知道自己叫作玫瑰
君子兰也不知道
自己和君子有何关系
此时我远离语言学和植物学
无言地坐在老张的床边
他浑身插满管子
像一株茂盛的植物
我转移视线，窗外的树
已经伸展所有的叶子
在玻璃上投下快乐的斑影
我最后看了一眼老张
他睁开了双眼
但他什么也没有看见

2004

## 天鹅饲养场

在养鸡场
老板王满发告诉我
现在鸡太多了
他打算以养鸡的方式
饲养天鹅
癞蛤蟆吃不到天鹅肉的历史
即将过去

说起癞蛤蟆庞大的消费群
他搓着脸上的粉刺
嘿嘿一笑

2004

# | 河流反光，群山将隐 |

## 母性

老狼撕开叼来的羊
肉给两只狼崽子吃
自己吃骨头
夜深了
狼崽子鼓着小肚子睡去
老狼戴上花镜
在月光下用羊毛纺线
心里盘算着
如何用一只羊的羊毛
织出两件毛衣

2005

## 车过中原

火车在穿越大地
成熟的玉米收容了阳光

岁月漫漫
他们作为种子
无数次地躺下
又作为粮食
无数次地爬起来
他们像我一样微笑着
满嘴的黄牙
没有一颗是金的

2005

## 与马里奥神父在树下小坐

马里奥神父陪我走出圣安东尼教堂
留下耶稣仍在祭台上受难
我们坐在树下，风在吹，叶子有了方向
神父滔滔不绝，满脸神圣的表情之中
人间的红色粉刺含苞欲放
手指像哥特式的塔尖，指向云端
自鸣钟在那里敲响了虚无
信仰与上帝，罪恶与拯救
在苦难与罪恶的学校中
我曾背诵这些词汇，学习批斗肉体
在抵达的路上俯首、祈祷、仰望
如今，死去的人已经死去
没有死去的，向我描述地狱
而天堂，是我已被切除的器官
没有的时候，才感到它的存在
这存在隐隐作痛
马里奥神父不知道的疼痛抚摸

2005

## 南京

细雨蒙蒙，我又来到了南京
法国梧桐仍用汉语交谈
雨花石似乎洗净血迹，坐在街边的水盆中
向游客睁大缤纷的眼睛

我喜欢南京
喜欢和这里的朋友聚在酒吧
谈一谈祖国、诗歌和女人
但这些南京大屠杀幸存者或罹难者的后代
从未跟我谈起历史

2005

## 黄昏的收藏者

我赞美晨曦，我在骄阳下流汗
我看见太多的死亡
在送葬的乐曲中
我习惯了仪式和节哀
眼睛不再流出悲伤，而是一粒粒石头

此时，河流反光，群山将隐
我收藏黄昏，提炼最后的黄金
我曾相信
和你在一起就是天堂

夜色，多么暧昧，多么迷茫
在这灯红酒绿的一隅
是谁在挥霍我的余生

2005

## 情人

在骨灰盒里
我的每一粒骨灰还保存着炉膛的余热
鲜花簇拥，对人世我恋恋不舍
我听见哀乐沉重徐缓
亲人节制但悲痛地抽泣
来宾在鞠躬时骨骼和衣服发出细微的声响
大公无私，光明磊落，低音的悼词
删除了我一生中的瑕疵
在悼词的停顿之间，我更听见了
站在最后一排右数第三个女人的低哭
突然间，骨灰盒闪出火光
那是我化悲痛为力量
每一粒骨灰又燃烧了一回

2005

## 理想

我的理想
是做一名建筑师
是建一座三百层的政府大楼

官员们匆忙地进进出出
因为里面没有厕所

厕所，建在低矮的南区

2005

## 老马

习惯了车把式、行人和汽车
也就习惯了不再奔跑
毛皮像一块黄昏
肮脏、松弛，已接近黑夜
金属的马蹄
使没有草的路更加漫长

我坐在县城嘈杂的小酒馆
望着你用尽力气低下头
把大车拉上斜坡
却不懂用你的语言说一声：
老马，进来喝一杯吧

2005

## 暗河

在小河边
我打开你的来信
黑色的字像蝌蚪
涌动着
全都变成了青蛙
菜地飘来
大粪和白菜的气味
使我坚信
这是希望的田野
我反复阅读你的来信
直到黑夜
抹掉所有的字迹
直到小河消失
如今这里建成大街
两边的高尚住宅区
住着有钱人
和没钱但有权的人
你也作为国优产品
漂洋过海

成为杰克逊的老婆

加拿大公民

两个混血儿的母亲

一家杂货店的老板

一晃十年

我们再没有见过面

但小河并未消失

水泥板之下

流淌着

一泓看不见的黑暗

2005

## 透视

X光片放在了灯箱上
显现出一排排黑色的栏杆
我看看栏杆，又看看医生
就像一个囚犯等待着判决

我不想走出这些栏杆
这里面有我所有的器官
哪怕有的
出卖了我的健康和长寿
还有悲伤，这阴影的青苔
还有愤怒，这无能的力量
还有一点点爱情
我多么需要
这山顶唯一的石头
把最后的天空支撑

医生在一张白纸上龙飞凤舞
化疗、白血球、呕吐、脱发
也就是说，以毒攻毒

用一场疾病治疗一场疾病
我只能接受这样的方案
这样的结局
就像接受我的出生
和我的国家
我看看栏杆，又看看医生
一个囚犯知道
没有法律以外的药方和偏方

2005

## 阿姆斯特丹

驱车来到阿姆斯特丹，已近子夜
性都的名声，让街灯变得暧昧
甚至旅社老板的表情也像一摊精液

但什么也没有发生，对我来说

窗外，河流泛起清晨的反光
天空阴郁，在凡·高纪念馆
向日葵折断阳光，在花瓶里成为姐妹
夜空扭曲，在月光中受孕的麦地
卷起疯狂的波浪

从画家忧伤的自画像中
我拎出一只滴血的耳朵，回到街上
发现阿姆斯特丹
人人都有完整而红润的器官

2005

## 和托尔加一起打猎

我和托尔加吃完早餐，决定去打猎
没有獠牙利爪，我们用枪证明
高级动物和低级动物的区别

我们肩扛猎枪，向秋天的山上走去
三只猎狗跑前跑后，鼻尖嗅着地面
在打猎的最佳季节，猎物却渺无踪迹
偶尔一只鸟闪过天空，充满惊慌
仿佛认识我们的猎枪

暮色正在降临，托尔加还未放过一枪
但他枪法极好，从未空手而归
他优雅地举起猎枪
跑在最前面的花斑猎狗，应声倒下
两个同伴围上去，狂吠不止

2005

# | 在这易变的尘世 |

## 圣像巡游

混在信徒之中，目睹耶和华的血
从十字架上流向人间
我，一个来自异国的异教徒
也相信了人类的原罪
相信诱惑的苹果
会在我的赤裸面前坠落

抬着圣像的信徒缓缓走过
街边的人群也静静散去
我来到自己罪恶的中心
枪杀了所有前往沙场的士兵
我命令我的罪恶
只伤害我自己

2006

## 为大平煤矿死难矿工而写

一具尸体抬出来了
又一具尸体抬出来了
再抬出来的，还是一具尸体
乌黑，但坚硬，像劣质的煤块
你们，即使在爆炸中
也没有感到温暖的你们
被送进了炉火熊熊的火葬场
黑色的烟雾
把下过地狱的人送向天堂
而在人间，寒风逼近，能源短缺
火葬场
被纳入国家的供暖系统

2006

## 1968年的奔跑

我跑了起来
因为我看见一群人
向一个方向奔跑
我不知道
他们为什么要跑
但知道，我为什么要跑
因为他们在跑

2006

## 景山

夕阳向西山滑去
暮色使宫殿渐渐远离
游人纷纷下山
丁香在山坡独自开放
暗香浮动
引我凭栏眺望
日出日落，千篇一律
如朝代更迭
无非揭竿而起
无非腐败堕落
无非再揭竿而起
我兴味索然
更想知道
巍峨宫殿，三千粉黛
美丽的人民
如何度过
她们绝经前后的人生

2006

## 大海为什么还在咆哮

遍地都是残破的贝壳
你对我说，这些是失明的眼睛
那些是失聪的耳朵

而我的五官多么健全
因为和你在一起
我对这个世界再没有怨恨
只有倾听、凝视和领受

但大海为什么还在咆哮
我看到大海一次次站起来
卷起浪花的袖子
在礁石上不停地磨刀

2006

## 午门

不大喜欢星巴克咖啡
但如此年代，故宫博物院的选择
就是我的选择
和一杯粗大的美式咖啡一起
坐在午门前的星巴克
坐在历史的门口
坐在黄昏中
看太阳这颗巨大的头颅
如何以慢镜头的速度滚落在地
在石板地上涂抹一层血色
在午门，在砍下无数头颅的地方
我想平静地喝一杯咖啡
端起来呷了一口，才知道忘了放糖

2007

## 征服者

攀登珠穆朗玛峰的人
半路死了好几个
幸存的，登上了峰顶
他们面对镜头，挥舞着旗帜
让全世界都看到
他们征服了世界第一峰
只有被镜头省略的夏尔巴人
默默地站在角落里
他们是脚夫，算不上征服者
只要付给两千美金
他们可以帮助任何征服者
征服珠穆朗玛峰

2007

## 读史偶感

夜读史书，至唐安史之乱
大将张巡困守睢城
城中无食
于是杀掉爱妾
分给兵士果腹
众人不忍
而张巡高呼
“诸公为国勠力守城
一心无二
巡不能自割肌肤以啖将士
岂可惜此妇人！”

读至此处，我不禁掩卷
认真打量着
身边已进入梦乡的女友

2007

## 残荷图

——在澳门艺术博物馆观八大山人画展

逃避风雨，你把自己磨成一团团墨
泼洒出去，满纸都是天昏地暗
都是故国披头散发的哭泣

这心中的苦痛，只能折磨自己
只能折磨满目的荷花
用枯笔摧残它们，直至残枝败叶

孤鹰、残荷、枯花……它们不知道
这大好河山，已多少次沦为故国
已被多少颗落地的头颅，砸得满目疮痍

而你，为什么不画出一把刀、一把剑
你涂抹的墨色中
为什么从未逼出一滴鲜血

2007

## 喜欢一头畜生

在阿连特茄
看见这匹马，高贵，强健
白色的鬃毛，像它的本性那么纯净
它静静吃着青草
不时抬起蹄子，或用尾巴驱赶马蝇
简单，纯粹，完美的造物
明亮的眼睛里没有掺杂一丝杂质
除了吃草和奔跑
它并不思索如何过得更好
我心生柔情，轻轻抚摸它的皮毛
在我孤独的内心，在这易变的尘世
喜欢一头畜生
比喜欢一个人更加容易

2007

## 是否可以忘记

我又回到了北京
在夏天，在拥挤的车流中，在浑浊的空气里
但阳光依然明媚
更多更高的楼宇，让人显得渺小
街上人头攒动，但靓女何其稀少
她们习惯美丽地出没，在日落之后
我百无聊赖，漫步至陶然亭，我初恋的地方

湖水碧绿，荷花出污泥而不染
情侣们忙着自己的事情
我想起在湖边，微风盈怀
第一次牵你的手，你闭月羞花，我战栗如泥
花与泥，最终都留在了湖底
如今，岸边坐满钓鱼的人
他们聚精会神，沉默不语，像是天下只有水和鱼
心如止水，心如止水
只有上钩的鱼掀起一圈涟漪

我也租了一副渔具，加入钓鱼者的行列

我也可以平静，我也可以忘记
多么容易，在忘却中钓上这些肥硕的鱼
只是它们和忘却一样，并非免费

2007

## 重逢

听说你从海外归来
二十年光阴太短，我们岂敢相忘
而祖国又一次沧海桑田
你我约会的那根灯柱还在
但早已贴满
“专治梅毒，一针见效”的广告
我还纯洁吗
两眼昏花的我，已认不清
医生龙飞凤舞的药方

掺了防腐剂的罐头也有期限
青春已经过期
只有当年的心跳，像没有腐烂的鱼
穿过你我之间
那条已被污染的河流

2007

## 大海真的不需要这些东西

在德里加海滩，大海
不停地翻滚
像在拒绝，像要把什么还给我们
我们看见光滑的沙滩上
丢弃的酒瓶子、针筒、卫生纸、避孕套

我们嘿嘿一笑，我们的快乐和悲伤
越来越依赖身体，越来越需要排泄
光滑的沙滩上，有我们丢弃的
酒瓶子、针筒、卫生纸、避孕套

但大海真的不需要这些东西
甚至不需要
如此高级的人类

2007

## 历史课

张老师终于来上课了
他教中国历史
上个月，他的独生子被造反派打死
就在校园的丁香树下
发现了尸体

张老师表情肃穆，声音苍凉
深陷的眼窝，像隧道
吸收了课室内所有的光线
隐忍的泪水
把一个普通人的悲剧
写成中国历史的一个章节

那一天，悲伤弥漫
那一天，黄昏也提前到来
那是1971年的春天
白色的，还有紫色的丁香花
不解悲情
散发出呛人的芬芳

2008

## 那片天空

鸟儿已经夭亡
但我还保留着笼子
保留着鸟儿
曾经跳跃的那片天空

为了让
那片天空继续天空
渐渐地
我代替了鸟儿的位置

2008

## 装满粮食的乳房

我赞美乳房
我在赞美中去攀登，去迷失，去战栗
引领我前行的是她们
走在她们前面的是她们的乳房
但七十三岁的乳房，还是乳房吗
啊，那垂向大地的乳房
那至今让我难忘的乳房

在母亲远离的日子里
在弟弟饥饿的号啕中
在黄昏朦胧的逆光中
奶奶把她的乳房塞进弟弟的嘴中
这干瘪的乳房
这丑陋的乳房
这爬满皱纹的乳房
像两只空空的面袋，垂在她的胸前
和美学无关，和性感无关
和硅胶无关，和乳罩无关

它们曾经饱满，装满了粮食
只想再一次把粮食装满

2008

# | 孤独增长了身高 |

## 镜子

树枝在镜子里摇晃
我看见了远方和风

我还看见，我的五官日渐消瘦
而孤独增长了身高

但我还没有积攒足够的孤独
还没有力量打碎镜子
找到深藏镜中的你

2009

## 里约热内卢的清晨

打开临海酒店的窗子
阳光迸溅
让我陷入短暂的黑暗
然后显现我的惊喜和悲伤

我只能用目光删除
那些豪华别墅，那些贫民窟
甚至性感的比基尼
我只想保留大海的一片蓝

坐在窗前，我饮下一杯水
为的是把这片蓝
带在身上

2009

## 芭堤雅

夜色降临，大海扶住一条条船
棕榈树剪碎了晚风
物美价廉的佛国，到处霓虹闪耀，歌舞升平

灯影朦胧的酒吧
一个个来自大海彼岸的老人
一边喝着威士忌和虎牌啤酒
一边用粗大的美金和欧元抓捏着泰妹小巧的臀部

裸露着胸毛的他们
活到老都没有获得精神的力量
只能通过肉体的下水道，把心中的孤寂排泄

2009

## 表演之后的列宁

（有人问：电影中，列宁演得怎么样?
克鲁普茨卡娅说：他演得太累了！）

银幕上的1918年
列宁慷慨激昂
不停地在红旗下挥舞着手臂和拳头
就像挥舞着斧头和镰刀
要实行无产阶级专政
要镇压地主和富农
要指出苏维埃的方向
还要把尚未生长的面包
许诺给饥饿的人民

只有在银幕外的深夜
他光亮的额头
才开始暗淡下来
在夫人克鲁普茨卡娅的怀抱中
他删除了领袖的动作
他睡着了

像一个劳累一天的工人或者农民
打着响亮的鼻鼾

2010

## 自由行

黄昏，澳门，新马路
自由行的马先生遇见驴太太

一别经年啊
万物流转，往事如烟
心有千言万语
尽在驴唇马嘴间哽咽

谁都没有提起
那桩可耻的买卖婚姻
谁都没有提起
那远在山西煤窑拉车的小骡

2010

## 陪盖瑞·施耐德拜祭妈祖庙

阳光凶猛，施耐德眯着眼睛
走到香炉前

端坐在神龛里的天后娘娘
一动不动，天气炎热
她也没有擦一把脸上的汗
神也是不自由的
比人还不自由

自由的是施耐德
他可以远离上帝的怀抱
在龟岛凝视水面的波纹
跑到日本的寺庙修身
或者来到澳门的妈祖庙
烧香拜神
信仰让人更自由吗
一个无神论者，如我
只有沉默

他捧起一炷香，虔诚地俯首
嘴里念念有词（英文里的妈祖是什么模样？）
眼睛里那抹溪水般的灰蓝色
骤然变得深邃而宁静

噼里啪啦，有人为喜事在燃放鞭炮
他猛然抬头，从宁静中惊醒
仿佛从神的跟前又回到人间

2011

## 航行或者飞翔

平时，他们被生活的沉闷所窒息
只有在此刻
当他紧紧地抱住安娜的头
才会低声说出：爱，还有死
仿佛死，是爱的极致，是天堂的地基

床单潮湿而零乱
像是海浪，又像是狂风
他们继续航行，或者飞翔
哪怕它们的终点，都属于大地

2011

## 大海上的柠檬

我要了一杯红茶，你拿来柠檬
问我要不要加糖

我不喜欢加糖，但喜欢柠檬
在阿尔加维，我们坐在树下喝茶
树结满了柠檬和鸟鸣
水太蓝，你把一个柠檬扔进了大海

此刻，只有风坐在我的身旁
不停扯我的衣衫
树叶喧哗，如波浪翻卷
我看见，一个柠檬向我漂来

整个大海
没有加糖，只有柠檬
只有一个柠檬

2012

## 枯枝上的敌人

天空像一场失败，一下子
就暗淡下来
豢养的孤独，像打手
在形骸里摆好了姿态

一场悬殊的博弈，只能自取其辱
手留下的不是手
是沾满血迹的手套
让身体折磨身体
以此来获得心理学的意义

狼藉的星辰，不过是石头
是虚无的重量
外面，风把枯枝一根根折断
这细碎的声响
仿佛敌人，在人间节节逼近

2012

## 接通大海

大海汹涌着无数只老虎
它们肆意咆哮
想冲出巨大的笼子
笼子，不因为巨大
而不是笼子

可在那个遥远的城市
一个从没见过大海的人
彻夜拧开水龙头
想以此
接通与大海的联系

2012

## 中国制造的十字架

蓝色的工人们坐在流水线旁
正在打磨
一个个金属的十字架

怀疑上帝
但不拒绝他的订单
但上帝是否知道
这些神圣的象征
在中国的生产成本
是多么低廉

工人们聚精会神地工作
神情像是充满虔诚
他们相信上帝吗
如果遇到问题
他们是否会亲吻着十字架
向上帝诉求
还是拎起卑微的生命
爬上资本家高高的楼顶?

2012

## 我在中国见到梦露

1974年仲夏的某日
在一个无人的角落
我悄悄打开手中的美国杂志
它由K同学身为外交官的爹
冒险从国外带回
封面上的梦露
正在向一个十五岁的中国少年微笑
纯洁、无邪、性感
（我打赌，这词儿绝不是中国人的发明）
如明媚的阳光
猛然把我照耀

我也向她微笑
我贪婪地打量她被春风掀起的白裙子
我好奇地想知道裙子内部的秘密
我可以喜欢梦露吗
我可以喜欢如此美丽的美帝国主义吗
我向美利坚致敬
我向伟大的美国人民致敬
他们仅用几代人的基因

就培养出旷世的杰作

1974年仲夏的某日
这一天也许平淡无奇
没有天才诞生，没有伟人辞世
但对我来说是多么难忘
在中国
在北京一条灰暗的胡同
我见到了梦露
我的梦想改变了轨迹
我的青春喷着鼻血到来

2013

# 上帝

在北京飞往旧金山的班机上
我身边坐着一对美国夫妇
年纪大约六十来岁
带着一个牙牙学语的中国男孩
他是第一次坐飞机
先是好奇，起飞时却大哭起来
眼神茫然地在美国夫妇身上又抓又扯
原来，他是个瞎孩子

旅途漫长，加上我十分好奇
便和美国夫妇聊了起来
才知道他们专程来到中国
就是为了收养这个被遗弃的瞎孩子
“为什么选择有生理缺陷的呢？”
按照中国人惯常的思维，我本能地问道
“我们就是要收养这样的孩子，
让他知道还有人爱他。”

飞机在一万五千米的蓝天飞行

我却羞愧地向着黑暗的深渊坠落
必须承认：我没有如此大爱
或许有人会说，他们是虔诚的基督徒
信仰与赎罪
是他们行为方式的准则
但我不愿把他们的仁慈归功于上帝
在我看来，他们就是上帝

现在，我就坐在上帝的身边
但我距离上帝是如此地遥远
如此地遥远

2013

## 在美术馆看见两把斧子

斧子，既可伐木劈柴
也可打家劫舍，也可砍掉头颅
伐木工人、刽子手、斧头帮、革命者
李逵、李鬼，或者拆迁队……
在不同的社会
在不同的历史时刻
都举起了斧子
甚至弱不禁风的顾城

昨天在MOU美术馆
我看见一把斧子
砍断了另外一把斧子的木柄
并趾高气扬地靠着墙
打量着
正在走过的我

2013

## 特雷莎老太太

特雷莎老太太打开百叶窗，为窗台上的鲜花浇水，
葡萄牙总理科埃略在众人的簇拥下踏着碎石路走来，
为竞选连任，他马不停蹄地在里斯本各区拉票。
他走向特雷莎，向她挤出微笑，向她问好。
特老太太却一脸严肃，说："总理先生，
我要坦白地说，我不喜欢你，
我真的不喜欢你！我不希望你再做总理！"
总理尴尬地站在那里，但依旧保持着职业微笑……

这一幕让我陷入沉默
让我想起巴金老人，想起他临终前才说出的真话：
"要说真话！"

特雷莎老太太初中文化，曾为制衣厂女工，
现寡居，靠微薄的养老金度日。
不过，她拥有阳光、鲜花和蓝天，
她的生活中没有恐惧，她无须为说真话
而付出一生的努力。

2013

## 京都

在京都，我仿佛回到唐朝
我认识你的一些字，甚至看到更好看的汉字：
吉野、岚山、心樱、百合……
你的五官也和我相似
但你不是我，我也不是你
就像清水寺的观音，一样的端庄慈祥
但眉宇间凝聚的
是日本的晴空和山岚
就如同这山坡上的玉兰
看似与北京的玉兰毫无异样
但风一吹，我就听到
簌簌声中传来木屐的声响
一个身穿和服的女子姗姗走来
美丽,娇羞,温柔
樱花飘零，落在你黑玉似的发簪
然而，在此我始终无法热爱
但也没有一丝的骄傲
在青布掩映的小酒馆，甚至
古老的中国豆腐
也被精心调制成我的五味杂陈

是的，对这个国家，乃至人民
我都无法热爱
但我不得不心怀敬意

2013

## 在波尔图访诗人安德拉德[1]故居

沿着杜罗河
出租车向大海开始的地方疾驰
抵达你的故居，看到二楼灯光熠熠
仿佛你未曾离去

其实，灯下只有世俗的餐具
和混乱的鱼刺
饥饿的诗集，堆放在昏黄的墙角
一张水电费的单据
别在你的素描肖像的胸前
秃顶的遗产看护人，以诗歌的名义
和我谈论遗产和版权
是的，在这里你没有被遗忘
但以你最憎恨的方式

夜色越来越深，乌鸦敲打着窗子
告辞的时间到了

---

1. 埃乌热尼奥·德·安德拉德（Eugénio de Andrade，1923—2005），葡萄牙著名诗人，笔者翻译过他的《白色上的白色》等诗集。

而门外的大海，你无数次捎给我的大海

并没有呼喊着站立起来

他还在大西洋里游泳

阔大的脊背涌动着，溅起阵阵白色的音节

2013

# | 美国甜心 |

## 耳边风

在镜子里，我才看见自己的耳朵
他们老实而本分

平时，我命令他们
聆听各种指示，忠实不误

通过他们，我恪尽职守
直到忘记了思想

一天早上，我揽镜自照
发现两只耳朵不辞而别

从此，我再听不到各种指示
听到的，只有风声

2014

## 只有鲜花

一朵鲜花插在了牛粪上
又一朵鲜花插在牛粪上
又一朵鲜花插在牛粪上
又一朵鲜花插在牛粪上
牛粪插满了鲜花

已经看不见牛粪了，看见的
只有鲜花，只有鲜花

2014

## 兴华寺

为什么菩萨
都供奉在远离尘嚣的山上
端坐于莲花宝座，神态安详
而不像耶稣，表情痉挛
在十字架上流血受难

我陪你拾阶而上
终于看到菩萨身披黄金
在俗世的烟火中
射出耀眼的金光

你向菩萨奉香祈愿
我却没有俯身，只想走进围栏
把菩萨请下宝座
与她一起凭栏远眺
这人间起伏不平的群山

2014

## 窦团山

自江油去窦团山的路上，文化馆的人
指着一条河说：李白在那里游过泳
李白游泳？蛙式，还是狗刨？
一定是自由式！至少，它符合
我对少年李白的想象
而现在，别说游泳，洗手都怕是洗成了黑手党

窦团山不高，比它高的是李白，只因诗人
曾登临此山，还真看见了好几个李白
在被凿刻的石头中，在算命先生的身后
在烤羊肉串的缭绕青烟里
有人抱着李白合影，并顺便纠正他的数学：
飞流直下并非三千尺，而是三千三百尺

但比李白更多的是和尚，他们身穿一样的土黄僧服
笑脸相迎，好似推销员，好似佛祖的小股东
有人倾囊捐了香油钱，算是入股吧。而我
一个非自愿的无神论者，早已于红尘中看透红尘

不礼不拜，心随自然。看着肥胖的神像，心想该健身了

至少，我该把自己的肉身安顿得好看一些

2015

## 钓鱼

今天是周末
我去钓鱼

去年放生的鱼
已经长大了

2015

## 诗歌

诗歌
无法阻止一辆坦克
但可以把坦克手
培养成一名诗人

他跳出那一堆钢铁
坐到树下
若有所思地写下
如下的句子：

春天还没有来
一只小鸟
落在绿色的炮筒上
……

2015

## 自杀未遂者

我站在十六层楼的阳台
这是我最终选择的方式

暮色燃亮的万家灯火
像无数只鬣狗的眼睛
暗中等待着一块腐肉

我望了一眼楼下，不想砸到行人
楼下却开始聚集越来越多的观众
熙熙攘攘，指指画画
嬉笑着等待看一出免费悲剧，或喜剧
丝毫没有死亡的肃穆与凝重

我突然改变了主意
发誓要活得稍微久一些
我要在这些嬉笑的人身后死去

2015

## 人骨教堂[1]

骨头和肉构成了肉体
而精神是一束光，要把肉体的墙壁照亮

很多时候，墙壁上的窗子紧闭
人们在黑暗中烹煮肉体
香气扑鼻，俗世的华宴盛大欢喜

而死神也大快朵颐，啃完肉
吐出一根根骨头，把它们出售给上帝
他用其中的一些，在埃沃拉垒起这座教堂

“我们这些骨头是为了你们的未来”
生与死、罪与惩，骨头们在神的指挥下站立起来
朝着我和我的未来齐声合唱

活着，就是把自己的骨头一根根洗净
背着它们进入天堂

1. 人骨教堂位于葡萄牙古城埃沃拉（Évora），建于17世纪，大约用五千具尸骨搭建而成。

我看见，教堂的尖顶竖立着一根白骨的旗杆
一面赎罪的肉体正在迎风飘扬

2015

## 清明

我走到镜子前
却看不到自己的脸

填满镜子的
是另一张脸，蒙着尘埃

那是已故去多年的父亲
出来与我相见

他用嘶哑的声音
叫我给他送一部手机

我这才想起，我已经好久
没有和父亲说说话了

虽然他的墓
一直在我的心里

2015

## 访洛尔迦故居

抵达格林纳达，已是华灯初上
街上，少女们头插鲜花
向着最璀璨的地方奔去
太阳，或者月亮
总会给她们一个理由去狂欢

而洛尔迦在哪儿
银子和露水都应该是冰凉的
即使有阳光，也是冰凉的温暖

在白色和阴影的房舍
你就是用这样的目光问候了我
窗外，远山顶着白雪
却折射着六月的阳光

你曾饮过的溪水继续流着
它流过你诗歌中的卵石
漫过我的唇间
直到蓄满心灵的池塘

必须像水一样爱你，因为你是水的儿子
山上的雪也是大海
因此，你的死亡是那么小
小过你诗歌中的一个逗号

2015

## 美国甜心

杰克和他的三个甜心一起生活已经八年了
时间不算长，但比起许多迅速枯萎的感情
已算长寿

她们分别叫丽达、翠西和美芳
美芳有东方式的身材和脸蛋儿
他也叫她们甜心、宝贝儿、打令、小妖精……

他与甜心们一起饮酒，交谈，看电视，同床共枕
她们都是好女人，从不多嘴，从不吃醋
也不会红杏出墙，爱上其他男人

他疼爱她们，把她们当成亲人
买新衣，送礼物
还为她们梳妆打扮，尽管她们不会衰老

杰克有过两次婚姻，都很糟糕
现在，他只想与他的甜心们一起生活
他已经远离了他的男女同类

有时候，推销商在信箱里塞进
新款充气娃娃的广告
他总会把它们当作垃圾丢掉

2015

# | 跋 |

## 飞起来的诗之鸟

没有诗，我不是现在的我。

诗歌于我是个传奇，是个意外，或者也可以说是命中注定的事。

我想起了我真正进入诗歌的那个时候。有一只鸟在我身后的一棵树上叫，不停地叫，我一回头，它扑棱一下飞走了。它一定是在叫我，叫我和它一起飞。我举起手，做了一个飞的姿势，果然就飞了起来。

飞起来的不是我，而是诗。

这只诗鸟有时想做夜莺，想用夜晚的歌声把爱情的玻璃窗唱碎，但更多的时候它只是一只麻雀，飞得不高，更喜欢在人间低飞，甚至栖落在人民的肩头，但它不会飞进一只笼子，哪怕里面有人造的天空和诱人的食物。它也会飞进日渐委顿的肉身，察看灵魂在飞旋的时间中所呈现的年轮。

在我生活的小城，攒动的人群拥挤着我的孤独，它投下的身影基本上是一截黑夜，但有时候会是一句诗。寂寥的庸常生活中，诗歌是我最好的精神陪伴，也是我参与心灵生活最活跃的方式。

没有诗，我无法想象现在的我是什么样子。或许我睁着双眼看着这个世界却什么也没有看见，我没有任何属于自己的发现。或许我是一个沉迷博弈的赌徒，被贪欲引至癫狂的悬崖上，而贪欲是一朵多么诱人的恶之花啊！许多人就这样坠下了深渊。

为什么要写诗？说实话，我是为自己而写，或者说，为了一个个“我”而写：那个躲在西装和面具里的我，那个阉割了愤怒器官的我，那个在爱的脉搏里航行的我……从这个角度来说，诗歌是一种自我的救赎。当然，诗歌面对的不仅仅是个人，还有你，还有他与她，还有我们，以及整个国家乃至全世界。我曾翻译过葡萄牙女诗人弗洛贝拉·艾斯班卡的一首诗，题为《做一个诗人》，她对诗人提出了很高的标准，我愿意以这样的标准要求自己：

做一个诗人，是做比所有人
更高大更非凡的人！是用亲吻去咬！
是沿街乞讨，却慷慨施舍，
如无边痛苦王国的君王！

是捻亮一千个愿望，
却不知所欲何求！
是挨饿，是对无垠充满干渴！
是披上甲胄，为了金黄与斑斓的晨光……

是用一声呐喊喊出全世界！
是把炽燃的星球抱入心怀，
是长出鹰隼的利爪和翅膀！

是爱你，如此绝望地爱你……
是让我容留你的灵魂、鲜血和生命，
并歌唱着告诉每一个人！

这本集子里的70首诗作都是沈浩波和他的诗歌编辑团队遴选的，我赞同他们的选择，但也有一些我个人珍视的诗作没有入选，略感遗憾，不过我尊重他们的选择。

最后要特别感谢沈浩波邀我参与这套诗丛。我和浩波相识多年，但君子之交淡如水，往来并不多，我们完全是因诗而结缘。我喜欢这种纯粹的友情，也欣赏浩波为人的这一面。此外，还要感谢为本书付出辛勤劳动的里所等人。

姚风

2015 | 12 | 25 | 澳门

## 呈现一种可能的真相

### ——“中国桂冠诗丛”第一辑出版后记

1 |

2015年下半年，我在磨铁图书公司里设立了一个诗歌编辑室“铁葫芦诗歌”。“铁葫芦”是磨铁公司的一个文化类图书品牌，它的初创者是王小山先生和王来雨先生。早在“铁葫芦”这个图书品牌创建之初，我就一直想同时再做一个诗歌类图书的出版品牌。我自己是一个诗人，也是一个出版人，做了10多年的出版，一直没有为诗歌出版做更多的事情，说不过去。这几乎是我的一块心病，也是一个夙愿。直到2015年下半年，各方面条件成熟，也有了完整的诗歌出版计划，

"铁葫芦诗歌"终于启动了。年轻的诗人里所（李淑敏）担负起诗歌编辑的重任。

"铁葫芦诗歌"的第一个出版项目，就是推出"中国桂冠诗丛"第一辑——5位当代优秀诗人的精选精装诗集。这5位诗人分别是：严力、王小妮、王小龙、欧阳昱、姚风。他们都出生于上个世纪50年代。我和里所一起，从他们创作至今的大量诗歌中精选出既能代表诗人迄今最高写作水准，也能大致体现诗人创作全貌的约70首诗歌作品，做成硬皮精装书。

"中国桂冠诗丛"会一辑一辑地陆续推出更多优秀诗人的作品，也都将沿用这种70首诗左右的精选精装模式，带有某种典藏的性质。第一辑的这5位诗人，是按照"出生于50年代"这个时间概念来选择的，除了这种按照出生年代来归纳成辑的方式，以后可能还会根据美学观念、流派、群体等方式归纳成辑。我希望"中国桂冠诗丛"能够一直出版下去，为一代代优秀的汉语诗人做见证和展示。

而能否被我们选得出70首左右的优秀诗歌，将是诗人们入选"中国桂冠诗丛"的最重要前提。这其实是一个非常苛刻的前提，要求入选的诗人写作时间足够长，创作量足够大，创作出的好诗足够多。既然我们敢把这个诗丛命名为“中国桂冠诗丛”，就会选择对得起“桂冠”二字的诗人。我们有足够的耐心，在时间中等待越来越多的诗人。

2 |

将这套诗丛命名为“中国桂冠诗丛”，当然还包含着某种重塑当代诗歌史的野心。所有当代史一定都仅仅意味着浮云遮眼，而所有试图厘清当代史的努力，也都无法在当代呈现出其真实的意义和成就，但这并不妨碍我们按照自己的审美尺度去为之努力。

我想为之做的努力就是，尽我自己所能，穷尽我自己的视野，通过诗歌出版的方式，去呈现一种可能的真相。既然是想呈现真相，那就意味着，至少在我的审美尺度里，当代中国诗歌在它的表面所呈现出来的那些秩序是一种艺术的假象，是遮眼的浮云。我看到了我们时代的那些杰出的灵魂，他们诗歌中有诚实、真挚、朴素的内心，有尖锐、先锋的艺术立场，有自由而现代的艺术精神。他们潜伏在时间的迷雾中，忠实于自己的心灵、精神和艺术立场。他们在假象的迷雾之外，在真相的石头之中，在时间的淘洗之中。我想通过出版的方式，向有心的或有缘的读者展示他们的诗歌，呈现一种我自己想象中的，可能的真相。

3 |

“中国桂冠诗丛”第一辑推出的这5位诗人，在他们各自的艺术立场和美学方向所取得的重要成就，还远远没有被我们的时代所理解。

出生于1954年的严力先生是上个世纪70年代末到80年代前期“朦胧诗”群体中的重要成员。直到今天，严力始终在写作着最具生命力和创新意识的诗歌，他是诗人中终身写作的楷模。通常的文学史往往会用某一个文学流派或文学史事件遮蔽其中具体的诗人，从这个意义上来讲，我甚至认为，严力的写作意义和美学成就被文学史意义上的所谓“朦胧诗”遮蔽甚深。是诗人严力，而不是“朦胧诗”群体中的严力，为中国当代汉语诗歌贡献了独特的美学价值。他是始终追求创新的诗人，是语不惊人死不休的诗人；他是当代诗人中最早觉醒口语意识，将口语和意象融为一体的诗人；他是具备独特语言世界观的诗人，是中国最彻底地实现语言智性的诗人，是中国诗歌的现代派运动中，在智性一极做得最好的诗人。新世纪以来，严力更是将其越发炉火纯青的语言智性与人生感、时代感、命运感相连接，其诗歌既有智性之巧思奇崛，又有更深刻的人文背景和灵魂纵深。

出生于1955年的王小妮，30多年的写作，一以贯之，诗心朴素而强硬，情感丰沛而锋利。她是女诗人中罕见的硬碰硬的心灵书写者，不取巧于技术，不卖弄于女性性别意识和性别风情，不迎合于美学的风潮，她从一开始便忠实于朴素的心灵，并用最强硬的开掘式的写作姿态往内心最纵深微妙处写，诗笔如铁犁，诗心如水晶。在她最好的诗歌中，往往既有女性的柔软和敏感，又有重金属在火中锻打般的铿锵。她不是任何一种诗歌美学的弄潮儿，但在所有弄潮儿的时代，她都留下了令人无法忽视的诗篇。

与严力一样出生于1954年的王小龙先生，既是上个世纪80年代第三代诗歌运动的先驱，更被认为是汉语诗歌口语化的源头诗人。王小龙是当代最早完全使用口语构成诗歌，并且写出了经典诗篇的诗人。在口语诗的发展已蔚为大观的今天，回头再读王小龙当年如《出租车总在绝望时开来》等诗歌名篇，依然熠熠生辉。王小龙早在80年代初期，就建立了一套成熟的口语诗歌写作的内在逻辑，对具体感、现场感的追求，对叙述功能的放大，对反讽和戏谑的娴熟运用，对语感和口气的强调，在王小龙诗歌中都清晰可见。而所有这些美学建树，在后来从第三代诗歌中的口语一脉直到今天的口语诗人身上，成为被反复强调的口语诗歌的基本美学特点。王小龙与中国当代口语诗歌的发展，到底有多么深刻的关系，其早期的诗歌写作，到底在多大程度上影响了后来的中国诗歌，至今仍远远没被清晰指陈。

出生于1955年的欧阳昱和1958年的姚风，一个常年生活在澳大利亚，一个长期在澳门工作，多少有些疏离于中国内地的诗歌场域。这在一方面使他们独立前行，形成了他们独特的诗歌美学；另一方面，也令他们真正的写作成就和美学贡献远未被内地诗界重视。很多人往往更看重欧阳昱和姚风作为翻译家的成就，这是严重的本末倒置。他们当然分别是非凡的英语翻译家和葡萄牙语翻译家，但首先是足够杰出的诗人，因此才能成为优秀的诗歌翻译家。居于海外的创作环境和翻译家的身份，遮蔽了欧阳昱和姚风作为当代重要诗人的存在。从另一个角度我们也可以说，欧阳昱和姚风，是当代汉语诗歌的“秘密武器”。

欧阳昱是当代汉语诗歌中，先锋意识和探索精神最强的诗人之一。这个时代能当得起“先锋”二字者，本就已属珍稀动物，而欧阳昱，我以为是先锋中的出类拔萃者。他是从里到外的那种“先锋”，从精神到语言。在美学上，他是盗火的普罗米修斯！在保守而传统的中国当代诗歌中，欧阳昱这种先锋、大胆、不管不顾的写作态度的价值，尤其重要。在欧阳昱泥沙俱下的大量诗歌中，始终葆有着愤怒、抗争和如同野草般疯长的生命意志。这同样也是当代中国诗歌中的稀缺血质。

姚风的写作与欧阳昱刚好相反。欧阳昱尽情使用着粗鲁的、野蛮的，甚至破碎如玻璃碴的口语，其诗歌能将人戳得鲜血直流；而姚风则使用着典雅、纯正、节制的口语，他更像一个贵族，怀揣赤子之心，驾驶着精确的语言之舟，驶向文明之海。他是汉语诗歌中不多见的，在“文明”这一人类主题上发力甚深，写出过杰出的文明诗篇的诗人。他擅写世界之诗、文明之诗，对文明的亲近与渴望，对反文明的质疑与抗拒，是其诗歌中重要的主题。更重要的是，他以一个当代中国诗人的内心去亲近世界的文明，内心常怀深刻的疼痛与悲伤。从某种意义上来讲，姚风是当代汉语诗人中很少有的，能够被称为“文明之子”的那一种诗人。

4 |

严力、王小妮、王小龙、欧阳昱、姚风，是“中国桂冠诗丛”第一辑的5位诗人。至少在我看来，他们就是我们时代的桂冠诗人。而我们进行这样一种诗集的出版工作，也正是为了呈现这样一种可能的真相。

沈浩波

2016 | 02 | 29

**图书在版编目（CIP）数据**

大海上的柠檬 / 姚风著. —杭州：浙江文艺出版社，2016.4
ISBN 978-7-5339-4484-1

Ⅰ. ①大… Ⅱ. ①姚… Ⅲ. ①诗集 – 中国 – 当代 Ⅳ. ①I227

中国版本图书馆CIP数据核字（2016）第057931号

版权合同登记号 图字：11–2016–76

责任编辑 闻 艺
策划统筹 李淑敏
特约编辑 孙秋臣 武靖雅
封面画作 里 所
封面设计 周伟伟

**大海上的柠檬**
姚 风 著

出版发行 浙江文艺出版社
地　　址 杭州市体育场路347号 邮编 310006
网　　址 www.zjwycbs.cn
经　　销 浙江省新华书店集团有限公司
印　　刷 北京盛通印刷股份有限公司
开　　本 880毫米×1230毫米 1/32
字　　数 59千字
印　　张 4
插　　页 2
版　　次 2016年4月第1版 2016年4月第1次印刷
书　　号 ISBN 978-7-5339-4484-1
定　　价 39.80元

## 中国桂冠诗丛 | 第一辑

**《大海上的柠檬》 姚风 著**

姚风，原名姚京明，诗人，翻译家。生于北京，后移居澳门，曾任澳门文化局副局长，现任教于澳门大学。著有中葡文诗集及译著二十多部。获“柔刚诗歌奖”、“两岸桂冠诗人”称号以及葡萄牙总统颁授的“圣地亚哥宝剑勋章”。也是“澳门文学节”和“中葡诗人对话”等活动的策划者。

**《悲哀也该成人了》 严力 著**

严力，诗人、艺术家。1954 年生于北京。1970 年代开始诗歌和绘画创作。是 1979 年先锋艺术团体“星星画会”和文学团体“今天”的成员。1984 年举办了国内最早的先锋艺术个人画展。1985 年留学纽约并于 1987 年在纽约创编“一行”诗刊（1987–1995）。目前居上海、北京和纽约。

**《扑朔如雪的翅膀》 王小妮 著**

王小妮，1955 年生于长春市。曾就读吉林大学中文系 77 级，做过电影文学编辑和大学老师，移居深圳 31 年。出版有诗歌、随笔、小说多部。

**《每一首都是情歌》 王小龙 著**

王小龙，1954 年 8 月生，海南琼海人。纪录片工作者。1968 年开始诗歌写作。出版过自选诗集《男人也要生一次孩子》、《每个年代都有它的表情》和《我的老吉普》。个人纪录片作品有《一个叫做家的地方》、《莎士比亚长什么样》等。现居于上海。

**《永居异乡》 欧阳昱 著**

欧阳昱，诗人、翻译家、作家，墨尔本 La Trobe 大学澳洲文学博士。现为上海对外经贸大学“思源”学者兼讲座教授。已出版中英文著译 80 种。获得包括悉尼快书诗歌奖、澳中理事会翻译奖在内的多种文学奖项。2011 年被被纽约《明镜》月刊评选为十大最有影响力的海外华人作家。